김병효 제3집 시집

바람꽃

김병효

강릉.연곡 출생
(사)문학애 시 신인상
(현) 시의전당문인협회.광주광역시문인협회.
한국문인협회 정회원
시의전당문인협회 편집국장
(현) 월간 난과생활 난시 연재 중
시의전당문인협회 작가상
김해일보 신춘문예 최우수상

저서 : 1집 "남색빛 들꽃으로 피다"
　　　 2집 "솜틀집 막내아들"
　　　 3집 "바람꽃"
　　　 4집 "시산도"

김병효 창작시집

바람꽃

초판 인쇄일 2023년 8월 10일
초판 발행일 2023년 8월 10일

글 · 사진 김병효
펴낸이 장문정
펴낸곳 도서출판 그림책
디자인 이정순 / 정해경
출판등록 제2010-000001
주소 경기도 수원시 영통구 이의동 웰빙타운로 70
연락처 TEL070-4105-8439 (010)2676-9912
E-mail : khbang21@naver.com

김병효 제3집 시집

바람꽃

김병효

세 번째 시집 ^{시인의 말}

배고파서 쓰고
목말라서 쓰고
사시사철
나는 늘 배고팠다
또
배고프다

김병효

김병효 창작시집
바람꽃

3장
귀로 歸路

4장

기억 저편

1장

까닭

유월

붉어진 꽃잎 앞에 바람이
낯 붉어져
한낮 태양을 삼켜버린 당산나무, 몸짓이 예사롭지 않다
가지 사이 찢어진 빛들이 비집고 들어와 놀란 그늘은 몸을 감춘다
어디쯤 산 꿩 울음소리
능선을 긁고
가야 할 바람도 꽃향기 취해
잠시 눈 감아
하늘 아래 어느 시선 앞 꽃물이 수줍다

빈 항아리

월동초 한 단씩 손수레 쌓이면
엄니 미소 흙씨 되어 오른다

어두운 새벽 홍질목길 넘어서면
언제나 싸늘한 봄바람이 장터에 먼저 와 있었다

흘러내리는 땀방울

그늘진 모퉁이
싸늘한 그림자는 등을 할퀴고
지나가는 바람만 휑하다

물 축인 푸른 월동초
찢어진 봉투가 허공 위로 떠돈다
착 달라붙은 등짝,
헐거운 몸뻬바지가 오후에 눕는다

길마저 노을에 쓰러진 어둠 속
무게를 짊어진 고무신 소리가 애처롭다

영진항*

바람이 녹슨 닻을 내릴 때면 언덕 허리쯤 노을이 먼저 붉게 눕고
파도 소리가 심장 속으로 철썩철썩 가득 차오른다
연인들은 노을을 주워 담아 모래성을 쌓고,
하얗게 부서진 포말로 사랑을 맹세한다
맑디맑은 갈매기의 울음소리
한나절 햇살이 익어갔던 자리
바다 아낙네들은 언제나 가슴으로 바다를 키운다
뭍으로 오른 잡어 몇 마리들이
잡혀온 먼 바다를 향해 기억을 되새김질하는 시간
고요가 저문 저녁 빛은 탐스럽게 항구에 가라앉는다
사람들은 골목길로 사라지고 짭조름한 비린내만 정박한 어선에 가득하
다

*영진항 - 강릉시 연곡면 영진리에 위치한 항

풍경 한 장 남겨두고

짜디짠 시간을 그득 담은
망태기가 쪼그라든 어미의 등짝을 착 감싸 안는다
산 중턱 새어든 햇살이 울컥 설움을 받아내며
물안개로 피어오르는 새벽
주인 잃은 매실이 말갛게 익어
바람은 붉은 보리밭에 각혈하듯 부서져 내린다
뻐꾹새 지나간 자리
허허한 길섶 사이 망초꽃 한창이다
저 멀리 썰물 빠져나간 갯벌
낙관처럼 찍힌 물새 자국이 선명하다
섬 하나
푸른빛 홀로 젖어
지키지 못한 아린 약속처럼 부표 하나 떠 있다

시선 저쯤

천 번의 깊은 숨소리로
거슬러 올라가는 연어에게
납작 엎드린 돌계단이 빠끔히 쳐다보며
네 안에 화두는 무엇이냐고 묻는다

내가 닿았던 자리

된 더위처럼 뜨거웠던 지난 열망을 비우고 더러 내며
지금 그 굴곡진 길을 오른다

비워서 자유로운 여름날

누구인가 다녀가고
누구인가 오는

저 시선 끝 편백숲에
소독 새 울음 따라 붉게 베인 수국꽃만 수 국수 국 은밀히 꽃 피우고

아
나는 까닭 모른 채 한 점 풍경 속에
안개를 밀치며 산정을 뒤로한다

비어간다는 것

거나한 밤거리, 빈 깡통 하나가
때굴때굴 굴러
누군가 세찬 발길에 하늘로
오른다
세상 태어나 옹기 차게 살다가 결국 빈 깡통처럼 비어 가는 것
그도 한때는 당당한 이름으로 살아왔지만 산다는 것은 다 목구멍에 꼴
딱꼴딱 넘어
가듯
비어서 서럽게 윙윙 소리 내며 쓰러진다는 것
차기 전 한 번쯤 생각해봤니?
저처럼 비어가면서 누군가는 행복했을
너도 언젠간 비어가겠지만
그 허공 속으로 네 몸 흩어지면
비어져 가는 시간 앞에 허공만 깊다는 것을

풍광을 덧대어

뺏골 바람까지 울컥울컥 토해내는 새벽 저수지
오래오래 삼켜버린 기억처럼
머뭇거린 햇살 한 가닥 씻어 아침을 내려놓는다

얕은 논두렁 지나
산비탈 모퉁이 틈 올라서면
까치수염 한 무리 잔설로 피어오른다

지난밤 안녕을 묻고 돌아서는 발걸음마다
총총히 걸려있는 이슬방울이 호숫가 수초 밑 그림자로 서성인다

파수꾼의 교대처럼 또 다른 향기를 전하는 자연이 경이롭다

한바탕 분홍빛 바람이 출렁이고
잠시 멈추고 싶은 시간
빈궁하지 않은 황홀한 풍광 앞에
나 여기에 서 있다

난, 울고 말았소

켜켜이 쌓인 연
헛디딘 허공 위 먼지처럼
잡을 곳 없어 출렁이던 지난 음각된 시간
홀로 눈물겨운 세월 안고 짜디짠 소금 덩어리가 되어
완강함으로 버티다 스르륵
녹아버리던 날

돌아갈 길 없어 마디마다 무너진 내게
어깨 감싸 안으며
괜찮아, 그 말 한마디가
허기진 빈 가슴에 평생 잊지 못할 은총 되어
가슴에 물빛 목마름으로
불씨 하나 가슴에 묻어 어찌 그대 흔적 잊을까
울먹이게 한 말 한마디가

초록 한 줌 꿰매기

때까치 지나간 자리
살며시 끼어든 햇살 한 줌
살가운 바람 볼 스치면 저 흔들리는 푸르름

생명의 가지마다
스스로 내면을 비어내며 초록으로 짙어

자꾸만 자꾸만 푸른 하늘을 닮고 싶은 오늘은
담장 위,
살며시 얼굴 내민 능소화
얼굴 부끄럽습니다

선연한 구름 한 조각 모아

네 반쪽의 웃음
내 반쪽의 미소 담아

아직 채우지 못한 빈자리
너로 하여금 내 가슴에 풀잎을 빚는다

마늘종

채우려는 몸짓이 아리다
꺾여나간 상처의 흔적
비워서 채워지는 저 무욕의 육화肉花

산다는 것

멀리 날다 잡아먹히는 마지막 삶
날기는커녕 물 먹다 코 박고 죽는 어처구니없는 삶
양파 속처럼 벗겨도 벗겨도 풀리지 않는 요지경 같은 세상
인연 없는 이승의 120일
떠나버린 자국이 아리어
쓴 쓸개즙같이 속 다 태우다
구구 먹이를 뿌려주고
마음 아릴 바에야 차라리 놓아버리고 싶어 돌아서는 순간
황금빛처럼 다가서는 저것
미소 띠게 한 오묘한 자태
황금알 하나가 또 다른 번뇌를 들게 하고
오늘은 몇 번이나 닭장 속을 기웃거릴 것만 같습니다
내일이 기다려지고
구구 꼬끼오 알 낳은 소리가
식지 않을 한나절 볕 뜨거워
빛으로 또 다른 내 안에 가득 채운 모래주머니를 삭히며 붉게 붉어져 한
줄의 퇴고
를 향한 내가 붉다
한 알에 소중한 생명처럼

달팽이 한 마리

물안개 오르면
수초는 새벽을 움켜쥐고 몸을 뒤척인다
쑥대 성큼 자란 논 섬마다
콕콕 박힌 개망초 가득하여
녹물 찬 저수지
총총히 별 무리 쏟아진다
풀꽃의 어린 향기로
나, 그대의 가슴에 한 번쯤 잠겨 봤을까?
들꽃처럼 살라고
그렇게 살자고 작은 꽃잎 앞에
허한 내가 부끄러워
살며시 촉각을 세운다
오르는 자여 오르막길 기댄
네 등 짊이 한 짊이다

갯벌

허기진 발자국들이 지나간 자리
햇빛조차 외면한 난간에 그대 홀로 외롭다
간절했을 너의 지친 하루 썰물로 가시라
미운 세월 자꾸자꾸 생각나면
저 고요 속, 통곡하듯 실컷 울어라
때론 한 잔의 술이 마음 달래듯
이 넓은 빛의 언저리에 앉아
철철 넘치도록 잔을 부어라
비우고 또 비우다 보면 비로소
너의 가슴을 비워주나니
버려서 채워주는 이곳이 너의
어진 아버지다

까닭

어느 별에서 온 별빛인지
그 눈빛 하도 고아 한없이 무너지는 까닭입니다

사랑은 새벽이슬 가득 머물고 피어나는 한 송이 들꽃,
오묘한 빛깔로 향기를 나누며
서로가 주어서 잃어가는 몸짓,

가슴과 가슴이 만나 마침내 각혈하듯 붉게 타오를 때
긴 기다림의 소중함을 알게 되는 까닭입니다

오늘은 당신의 눈빛 속에서
나는 어떤 한 알의 소중한 꽃씨로 여물어 갈까요?

목마른 저 언덕에서 간절하게 노을로 무너지는 까닭은
아직도 두근거리는 마음이 있기 때문입니다

빗물

삭히지 못한 마음 절절하여 젖은 머리칼 냄새 가득하다
저 작은 율동으로 꽃들이 피어나고
이 밤 너의 작은 물방울 하나가
내 가슴 지문처럼 스며들어
그 청아한 몸짓 쌓이고 쌓여
내 어찌해야 하나요?

다 젖어 드는데

비가悲歌

오밀조밀 색칠한 숲, 빛은 숲을 어루만지며
발갛게 꽃 진자리 마음 지네

꽃물 곱게 들던 여름날
잊히지 못할,
마음만 덩그러니 남겨두고

너를 떠나보내고

너무 멀었던 저편
세월은 낡아가도
잊지 못한 그리움 너라고 어찌 잊힐까?

왜! 하필,
당신이니까

마음아

바람결에 포름한 꽃잎
그 빛깔 하도 고아 발돋움해 애태운다

시들고 져버린 모든 것들이 안개로 오르고
저 무욕의 눈동자가 파란 강을 핥는다

사는 게 등 짊 한 짊이라

불온한 너의 눈빛,
한여름 심장이 겨울처럼 차다
빌어먹을 한평생,
나의 족적은 족쇄에 채워져 살아온 짐승이었다

이제 비린내 속에서 벗어나
한 줄의 마지막 언어의 향기로 그 무엇으로 남고 싶다

땅 위에, 허공의 여백에
한 장의 철저한 고독한 냄새로 쓰라린 상처로 아물다
간절한 오후
어느 길목에서 기나긴 아픔을 묻는다

능소화

주홍빛으로 물든 여름날
그 심장 너무 뜨거워
허공 속 연분 하나 걸려 있다
그대 향한 아린 사랑
절절히 피고 지다
여름밤,
처연한 달빛 아래 꽃잎만 툭툭

물방울

위태한 순간
부드러운 네 입술과 차가운 내 입술의 짧은 입맞춤
내밀한 감촉
아,
아찔하고도 짧았던 절정

보림사 종소리

오후 6시 39분
맑고 고운 여운이 꽃살문 깊숙이 귓속을 후빈다
산 그늘 어디쯤
불씨 재우는 노을은 하루 키를 낮추고
저문 빛, 뼛성같이 토하듯 피었다 자지러지는 분홍빛 미소 한그루
그 소리 은은하여
더 멀리 더 가까이 스미어
날 저물세라
마른버짐처럼 피어난 돌탑의 석화, 노승의 귓불이 붉다
설핏 기운 서쪽 노을 지고

2장

달콤한 오후

기억의 문門을 열고

긴 시간 지나고
추억의 시간은 까맣게 영글어 떨어진 분꽃 씨앗처럼
어느 골목길이 끝나고 등 돌려 멀어져간 것들

영영 볼 수 없는 사선 어디쯤
바람 소리, 발걸음 소리, 녹슨 대문 여는 소리,
길게도 울었던 귀뚜리 소리, 골목
어귀 지나던 그림자들은 이제는 물 위에 쏟아지는 햇살뿐이다

세월 흘러 던지지 못한 것들
지문의 흔적들이 가슴에 콕콕 박혀 토하지 못한 향기로
해지는 날 없었다는 것을

나, 여기 청정한 물길 속에 살아가네
사라져간 그 목소리
그 옛날 당신은 먼 곳에 있어도

이 한 편의 시를 장흥군 유치면 수몰 지구 주민께 바칩니다

정남진

서슬 푸른 저 깊은 바다는 새벽녘 잔기침을 멈추고서야
몇몇 잔 섬들을 삼키며 허기를 달랜다

저 가파른 거친 절벽 아래 오르려는 노송 한 그루
억겁의 옹이 진 나이테에 또 하나의 푸른 멍을 새긴다

사선 어디쯤 소리 걷히고
자유로운 꿈으로 세상 날아올라
침묵의 끝, 모서리에 앉아 깃을 접는다

더 갈 수도
더 물러설 수도 없는 이곳
저 먼 곳, 아련한 연륙교 비상의 날갯짓과 맨살의 살점을 저며내던 섬들
을 향해 눈을 비빈다

오!
끓어오르는 용 족의 푸른 흔적
심장 뛰어
비경 끝자락
발 디뎌 이곳에 서 있네

홀연, 여름을 긋다

아무도 말을 건네지 않네
살갗에 닿는 한 줌 허전한 바람과
한낮 가지 끝 자지러지는 햇살뿐

저 거센 천연의 바위들
칼바람 속 솟구쳐 오르는 욕망을 억제한 채
하늘 기둥 되어 천년을 떠받치고 있네

흔들리는 세상
바람은 바랜 기둥에 몸을 기대네

물속에서도 갈증을 느끼듯
애끓어, 수런 푸르게 푸르게
아직 꽃씨 여물 날 아득한데

날 저물어
달도 차 사위어가고
물소리 또렷이 들리는 여름날 허기진 빈속

낮게 낮게 몸 펴 달빛에
그 청아한 이슬 핥다
허공에 인사 한마디 던지고
나, 떠나가려네

노랗게 스미다

무신날 그 절정으로 노랗게 물들이네

가만히 다가서면
꿈결인 양 초록으로 가득한데
비집고 들어선 햇살 끝으로
배시시 눈 비비다 숨어버린

삭신 들어낸 저수지 저편
황소개구리 보소
걸걸한 목청 땅바닥을 핥고

진저리치도록 무더운 여름날
풀숲 벌레 소리 가득하여 다랑논
이삭 선연하네

저 타오르는 열망
무거운 고집 억누르고
내 아버지 풀섶에 낡아 얇아져 간 청춘이 풀물로 배어있네

별빛 포갠 자리
달맞이꽃,
토하듯 지천에 옷고름 풀어
꿈처럼 흐드러지게 피다
이제 떠난다고 하네

아직 못다 한 연분 절절한데
아니 올 이 밤, 향기는 왜!

어쩌다 포구

그림자도 익어가는 포구에는
바다 사내들이
잔술에 휘청인다
고동 소리마저 끊긴 포구의 적막은 헐어진 토담 위에 벽화처럼 걸려있다

포구를 밀고 간 비릿한 바람은
생선 장수 고무통에 얹혀 가고
후미진 쪽방, 들창 틈서리에 핀 나팔꽃이
마치 풍만하던 젖가슴이
분꽃처럼 쪼그라져

한나절 좌판을 편 눈꺼풀은 졸리기만 한데
웬 수 같은 졸음은 평생 졸아도
모자라서
두 눈 크게 치켜떠도 천근이라

얕은 쪽잠은
첫날밤 애무보다 더 아찔하여
팔월 하늘 뜨겁다
몇 마리 잡어에
슬며시 얹어져 간 노을빛,
날 저무는데

달콤한 오후

졸아든 나이가 세월에
헐겁다
종이처럼 구겨진 몸,
천근처럼 오싹 웅크린 허리에
연분홍 단잠에 취한다
옥빛 물소리
푸른빛 바람 소리
천지가 제 몸에 취한다
몹쓸,
낮술 한잔에 너만 취하리
내 마음에도 달 차올라
봄날처럼 취하는데

심장

절벽 바위틈, 심지 깊게 팬 뿌리가 햇살을 힐끔 훔쳐본다

아무도 품지 못한 그림자만 서슬처럼 빛나고
몇 줌 흙먼지 움켜쥐고
맨살 쥐어짜며 안간힘으로 견뎌온 긴 세월

칠흑 같은 어둠에 제 몸 스며들 때
비로소 질긴 뿌리였다는 것을
아,
목마름에 움켜쥐며 단단해져 온 뿌리여

달아오르는 불덩이처럼 끓어 올라
비틀린 끝
다시 오르며 더 넓게 넓게 뻗어가는
너를 바라보며

나, 한 시절 허기로 견디던
내 안에 소리를 찾아 둥글게 둥글게 나이테를 짙게 새겨놓는다
오늘도 보이지 않는 틈을 찾아 가는 뿌리 하나

흔적

그 열망 차고 넘쳐
푸른 밤 등 뒤에서 네가 우네
울어야만 잊히지 않을
놓을 수 없는 울음
그 울음소리 멈출 수 없네
내일도 모래도 숨 막힐 듯
시린 바다에서 소리쳐 울겠네
잊지 못한 소중한 약속처럼
각혈하듯 토해내는 울음
나도 저 여름밤 풀벌레처럼
내 울음으로 누군가의
맘속에 기억 하나로 남을 수 있을까

마음 하나

새 한 마리 폴짝 뛰어내려
아침을 콕콕 쫓다
이내 ,
꽃잎에 얹힌 이슬방울이
긴 하품으로 기지개를 켜고
그 모습 우두커니 쳐다보다 돌아서는 바람 한 점
빈 허공 속
적막은 먹빛으로 번진다
이제, 어제의 어둠은 없습니다
한여름, 오래도록 울다 사라진
매미처럼
한순간인 듯
내 안에 깃든 빛으로 누군가를 기다려지는 아침
당신이 있는 그곳에도 여름꽃 한참인지요

마음을 깁다

허공에 내 몸이 너무 갚다

기둥에 박힌 녹슨 못처럼
마음 하나
그림자로 매달려있다

행여,
바스러질까 봐
가까이 있어도 만질 수 없어
눈부신 고운 빛마저 어찌 못하고
돌아서는 발걸음

나는 너를,
너는 나를,
그저 저만치 바라볼 뿐

평생 너 하나
내 가슴에 채울 수 없어
먼 그림자를 끌고
옹이 박힌 핏방울로 말라가는

하냥,
한 가슴 깁는 노을이
뜨겁게 젖지 못하는 까닭입니다

둘

거봐, 우리 둘
찌르는 듯한 아픔 견디고 올라왔잖아

곱게 망울진 정상 가까이
이제 그 꽃
피우기만 하면 되는 거야

결국 참고 견디며
지나온 아픈 시간이
사랑이란 꽃을 피우고
향기 풍기며

세월 지나
우리 소풍 다 하는 날
사랑하고 사랑하며
행복했노라고

송백정*

꺾일 듯 오르려는 울퉁불퉁한 나무가 아찔하게 살점을 벗는다

어디쯤이었을까
옷 소매에 하얀, 붉은, 분홍, 보라 꽃으로 물들던 지난
여름밤
또다시 눈을 뜨는 꽃잎들은
수없이 떨어져 심장 위에 가득하다

햇살도 잠잠히 발길에 내려앉고
노을도 붉은 빛으로 물들인다

가야 할 내 발길 앞에
고시랑 고시랑 따라붙는 꽃잎
하나
저기 억불산 기슭 아래
채 담지 못한 꽃 무더기 화르르
저녁 속으로 깔린다

*송백정 - 전남 장흥군 장흥읍 평화리에 있는 4색 배롱나무 군락지이다

도야마을*2

커다란 망태기가 살갗에 착
달라붙어 어둠을 걷는다

아직 잠도 깨지 않은 길섶
닳고 닳은 경운기 소리가 푸른 아침을 데리고 온다

담장 밑 섬 섬이 자라듯
이끼가 아름다운 섬을 이루고
채 풀지 못한 바람이 풀벌레 소리에 귀 기울이다 허공에 사라진다

여백의 뜨거운 볕이 쏟아져
석류의 목덜미가 붉다

수세미가 주렁주렁
여름을 키우며
들창 아래 봉선화 쭈욱 피는 곳

나, 옹이가 박힐 날까지 마음의
한 그루 나무로서 있고 싶은 곳
아~
눈 시린 빛이 황홀하다
이곳,

*도야마을 - 전남 고흥군 과역면 도천리에 있는 마을

생각을 묻다

나무 한 그루 물 핥으며
숨 가쁘게 돋아나던 생각들
한순간 푸르다 붉다

꿈결인 듯 스쳐 간 생(生)

이젠 속, 텅 비운
시간의 얼룩만 남긴 채 낮게 어두워지고 있네

허허 청청 허공 하나
이제 헐한 노동의 삯마저 눕네

시간은 당신을 떠나보내고
낡게 구겨진 종이 위에
빗방울만 쏟아져 사정없네

마음에 섬

섬은 푸른 등뼈 속에서 울컥울컥 파도를 토해낸다

세찬 빗줄기가 뱃머리를 돌려 포구로 재촉하고
돌게가 바다를 물고 무테에 오른다

나는 멍든 갯바람이 부딪히는 방파제에 서서
몹쓸 병치레처럼 시퍼런 고독을 게워낸다

한 생, 살기 위해 제 몸 깎아
폐인 바람의 흔적

행여, 나로 인해
누군가 삭히지 못한 아픔이 있을까
아파도 아파하지 못합니다

은빛으로 밀려드는 길고 긴 시간
커다란 미루나무 사이
섬 하나 꼭 쥐어 가슴에 내려놓습니다

풍경에 스미다

봉긋이 내민 꽈리 방울이
햇살 뜨거워 펑펑 터트리는 동안
말라가는 긴 옥수수 대궁이, 때늦은 매미 소리가 비탈에 쏟아내고 하루
살이 떼 뒤
엉켜 몸부림치는 몸짓이 필사적이다
그 오래전 정희 할머니가 살던 바랜 지붕 위에는
사위질빵 꽃향기가 허공에 쏘다 내고
텅 빈 헛간에 뭉툭한 호미가 유물처럼 걸려 빛을 받아낸다
불그스레 익어가는 감나무 아래
단잠에 취한 광식이가 고추잠자리와 함께 졸다 펑, 새 쫓는 소리에 누구
야!
헛소리하다 또 꾸벅꾸벅 존다
삼복더위 지난 복돌 이가 고양이 보며 낑낑거리는 마당 가
빈 장독대 속에는 그림자만 그득하다
하얀 박꽃이 활짝 피는 늦은 오후
다 표현할 수 없는 풍경들이 창문에 안긴다

싸리꽃

한평생 쌉싸래한 감태 같은
삶을 살다

이 빠진 사발처럼
청춘의 봄은 휘리릭 가버리고
늙어온 몇몇 낯선 이방인이
새우처럼 세월을 잃어간다

외로움에 지친 노파는 문소리에 촉각을 세운다

찾는 이 없는 적막한 204호,
발소리 그리워 꾹 눌러 삼켰던
수많은 시간
음식보다 즐비한 약으로 길든 쪼그라진 육신
바짝 마른 검버섯 얼굴에는 쾡한
그늘만 한섬이다

생명의 종말이 점점 다가서고
돌아갈 집 멀어
울컥울컥 스미는 슬픈 기억만
어두운 그림자를 밟고 서성인다

정녕,

하루를 마치고 돌아와 캔맥주에 육포 안주라
당신 생각나 왈칵 가슴이 멘다
너무 사랑하기에 차마 부르지 못할 당신이여
부디, 평생 나만 사랑해다오
그리고 신이시여
나, 당신을 위해 살다 후회 없이 죽게 하소서
당신을 위해 태어났다고 감히 말하게 하소서
사랑하다
사랑하다
먼 훗날 한 줌 당신 위에 재가 되게 하소서

문득

42번 버스가 빗방울로 다가선다
잠시, 머물다 떠나가는
날 선 기억이
한줄기 빗물에 붉게 스민다
그저 말갛게 미소 지으며
난, 괜찮다
여기가 좋아
바쁜데 안 와도 돼,
어쩌면 외롭다고
정말 보고 싶다고
간곡히 바랬을
그게 당신과 마지막 인연인 줄
빈 문간 그림자로 바사삭
부서지듯
짧고도 짧은 마지막 모습
어느 날 문득 뒤돌아보니
바랜 빛깔로 마음만 깊어져,
오랫동안…

댓잎 소리

낡고 해진 신발 속으로
바람은 어둠 새벽을 밀어낸다

미늘에 걸려 찢긴 아가미의
통증처럼
홀로 저작하는 동안
더 깁지 못한 녹슨 흔적들만
세월을 꾸역꾸역 줍는다

삶이란?
밀려오고 밀려가는 기억들 속에
또 하나의 생명이 피고 지다
그렇게 내면의 찌꺼기들을 한 겹씩 벗겨 내는 일

비워두는 결백함으로 푸르고 곧은 대나무는
울컥울컥 수액을 토해내고 있다
깨달음의 극치다
마르지 않은 깊은 어디에…

3장

귀로 歸路

허수아비

앞질러 간 마른 기억들이
긴 논 섬을 거닌 자리마다 빠알간 여뀌,
다닥다닥 아침을 갠다

곡선이 그려진 층층 계단에는
억척스러운
긴 노동이 꿈틀거리고
옹색하고 비탈진 논배미가 휘어진 등뼈처럼 애틋하다

푸르다 붉다
더 붉어질 것 없는 당신의 족적의 흔적들

쪼그라진 거죽으로 한삽한삽 새겨놓은
당신의 지문이 낱알 맺혀 햇살에 눈 부시다
우러러 깊고 깊은 은혜로운 눈길 아래

전생에 질긴 인연, 당신

생의 중력

하루라는 테가
허물어지는 꼭짓점에서 지친 발자국이 어둠의 꼬리를 봉인시킨다

탄생과 죽음의 교차점

절창이듯
여백을 찢는 찌르레기 울음소리

가장 예민했던 촉수를 거두고
집으로 돌아가는 사람들
이내, 스며오는 고된 눈물의 알갱이들

종일토록 부풀렸던
체온의 센서 등이 꺼진다

벌 것에 타들어 간 꽁초

어느 가을

누렇게 여문 나락 위로 화르르 참새 떼 오른다
눈 부신 빛깔
들녘 천지가 바람에 예민하다
하늘거리는 쑥부쟁이가 허공을 흔든다
색 고운 강가
개여뀌 잎에 맺힌 물방울
톡, 떨어져 물속에 잠긴 풍경 한 점 허물어진다
고요가 잠시 일탈을 꿈꾸며 가만히 누워있다
초조한 기다림
점점 비집고 들어오는 갈 햇살
그 볕에 묻혀
마 알 같게 고마리꽃 활짝 핀
너의 눈빛이 경이롭다

환생

환상통 위로 거친 톱날이
예민하다

또렷하게 옹이 진 통증의 흔적
눈동자는 사선에 향하고
가슴은 끝을 향하여 먹을 튀긴다

예리한 대패 날의 움직임
긴장의 순간순간이 절묘한 빛, 발하고
저며진 땀방울이 허공에 오른다

도려내는 아픔
주름진 투박한 손끝, 잃었던
인연 되살아나
따뜻한 체온으로 다가설 때
생각과 생각이 맞물리고
하나의 새 생명이 오랜 잠에서 깨어난다

죽은 후 더 빛나는 살점들 올곧은 선의 극치다

초사흘

바람이 차오른 자리마다
한 움큼씩 세월은
먹물처럼 고요히 스민다

큼지막한 마을 방송용 스피커는 부름을 받은 지 초사흘

손맛으로 단골이 함께 이어가는
맵싸한 국물맛이 일품인 소문난 황가네
천사의나팔꽃이 정오를 알린다

삶의 모서리
헛헛한 속을 달래는 사람들
공짜 자판기에 넉넉해지는
잠시, 시시덕거리던 소리가 바람에 사라진다

한 생, 노역의 짐을 지고 살아가야 한다지만
또 얼마나 잃고 상처를 받아야
가치 있는 궤적을 남길 수 있을까?
보약보다 두통약이 위안이 되는 나이
우직하고 강인함으로 견뎌낸 하냥, 저 천년 바위 위에 퍼질러 앉아
한 사나흘 마음 없이 살고 싶다
철없는 바보처럼

앞산에 달뜨거든

정을 떼려는 듯 강추위로 가을이 얼음처럼 차다

혹여, 이런 날 비라도 내리면
적당히 외로워
가슴에 빗소리를 담아
바랜 친구에게 붙이지 못할
그 옛날 주소로
그립다 편지를 쓰고
얼큰한 매운탕에 소주를 떠올려본다

창밖 저 녹슨 철망에
뒤늦은 파리한 오이 몇 개가 짧은 햇살을 맛나게 먹고 꿈틀거린다

우리 부디,
바람 속에 세상이 다 마른다 해도
발간 홍시처럼 마지막 몸이 사그라질 때까지 넉넉하게 익어가자꾸나

친구야!
나 지금 하얀 세월을 부려놓았던 그리운 얼굴들이 함께한 왕재골을 걷고
있어

간밤에 네가 나를 초대했거든

향기

산 능선
사목 사목 어둠 내리면

화르르 사르르 꽃잎
흐드러져
수줍어 수줍다 어이 다 말할까?

차향에 취하고
꽃향기에 취하고 밤마저 깊어

꽃진 자리 소롯이
마음만 두고 떠납니다

수줍게 물들이다

이고 진 한세월
발갛게 풍경 한 점 얼룩진다

점점이 말캉하게 익어가는 햇살 아래
포동포동 여문
완두콩 한 대박 팔아

오일장 길모퉁이
몽올몽올 봉선화꽃 한 바구니 사서 머리에 이고
달처럼 환해지는 등 굽은 할미꽃

손톱 위 무명실 감아주던 꽃물이 그립다
헛헛한 봄, 봄날에
그렇게 그리워 살아가는

마음이 스미다

적막이 길게 모여든 툇마루 어둠은 작은 햇살을 모은다
수척해진 가을 여인이 울컥울컥
물들어가는 잔재,
에돌다 흩어진 고요 속
무심한 바람이 뒤척이는 산마루에
노랑 꽃망울이 짙다
오묘한 꽃들의 몸짓
너 그립다
무심히 기다리는 느티나무 한 그루
멈춰 선 내 발길
아직, 발효되지 않은 발자국
그 흔적을 꿰매고 있다

반영反影

여명이 꾹 눌러진 강가에
옭아맨 매듭 풀 듯
은빛 그리움이 오른다

가벼운 떨림
싸늘한 잔설이 차갑게 다가와
마지막 울음의 빛처럼
햇살 한 줌에 흔적 없이 사라져
맥없는 숨소리만 바람에 기운다

황량한 온기는 나이테처럼 겉돌고
파리한 수초는 지극한 눈빛으로
시간을 조율한다
끈끈한 기다림
순간순간 치열했던 삶이 생의 모서리에서 내려놓는다

반영이 내려앉은 이곳
가을 한 가닥이 내밀하다

남파랑 길

칠흑 속에 상념의 잔재가 탁한 흑백사진으로 인화된다

헤아릴 수 없는 명암만 그득한
새벽 강가
홀로 걷는 긴 그림자
차갑고 매서운 통증이 뼈 깊숙이 스미듯
돌아보고 싶지 않은 지난날들이 깊다

단단히 꾹 눌러 삼킨 능선은
짙은 농도로 붉게 차올라 또 다른 시작을 조율하고
기운찬 보폭은 언제나
오늘에야 머물지 않은 또 다른 시작이다

어디선가 홀연히 나타나 걷던 사내가 길섶 어디쯤
잊혀지지 않을 흔적 하나 사라진다

빛이 선한 이 길에

어떤 이별

어둠을 짊어진 어깨가 거미줄에 걸려 으스러진다
등짐의 허기진 길독은 눈 쌓인 가지처럼
창백한 골목길이 휘청인다
위태한 발소리가 빗줄기에 이완되는 시간
옹이 진 육체를 부려 먹이를 얻은 하루가 쓸쓸히 삭풍에 저문다
아무도 보이지 않는 어두운 시간
마을 몇 개의 스피커에서
낯설게만 들리는 이장님의 무거운 소리
모모 할머니 장례식 없이 화장터로 간다며 명복을 빌어준다
먹물 같은 한 생
이별, 그 쓸쓸한 여자의 일생이
빗물 속으로 스며든다

무소유길

언덕길 숨소리가 거칠다
여백 속 작은 고요
차마 말하지 못하고 떠나는 인연 하나
육화의 긴 허물 벗는 후박나무 한그루, 신열처럼 뜨겁다
잠시 비켜서는 시간
사라져간 영혼이
처마 끝 풍경소리에 스민다
임 떠난 낡은 의자가 묵언 수행 중이다

삶의 무게

얇아져 가는 남루한 생은
오늘도 먹이를 찾아 나선다
안개가 잔잔히 깔린 들판
희미한 태양이 오르고
또다시 시작되는 길고도 질긴 지난한 삶이 한 섬이다
팔과 종아리
붉은 발끝과 손끝
굳은 관절들을 묶고
몸뚱어리가 불덩이 되어 열꽃으로 달아오른 짙은 오후 하늘,
노동의 그림자를 구겨놓는 시간
걸레처럼 꼭 짜놓은 허리를 잠시 펴본다
거대한 크레인 줄 끝으로 육중한
쇠뭉치가 지나간다
시퍼렇게 날 선 호각 소리
현기증처럼 노랗게 흔들리는 하루가
하얀 서리꽃처럼
얼룩진 땀 자국으로 식어간다

꾹 눌러 삼킨 작업화가 쓰다

부분월식

달은 어둠을 헹구며 홀로
조금씩 제 몸 비어갈 때
겨울로 접어드는 나무는
긴 허물 벗고 홀연히 숨죽이며 속을 비워낸다
어디론가 사라지는 노을이 붉은 파동으로 허물고
진부한 육신은 홀아비꽃대처럼 바람 녘에 비어가며
짙어가는 적막하나 허옇게 흐려지는데
이 넓은 세상 심지 하나 밝히려는 족적의 흔적들
몸 하나 채우지 못한 빈칸
서늘한 설움만 삭신 덮고 혼재한 시간
나뭇가지 끝
너 하나만 저리 붉은가

그 사랑이

저만치,

솔가지에 걸린 하얀 달빛이
문풍지 깊숙이 스미어

등에 쥔 마음 하나
여리게 곱씹어 읊조리는 밤

청아한 차향 바람결에
그지없어

아,
날 새도록 그 입술에 스민

뜨거운 이
누구라 전할까요

덫

몸부림은 짧다
흔들리는 꼼수에 사지가 발버둥 치는 본능

웅크린 그림자가 흔들림에 촉각을 세운다

네가 죽어야만 내가 사는 세상
약한 자의 서글픔 마저 유린해버리는 세상
한숨도 견딤에 중독되는

퍼덕이던 눈먼 우리가
어느 한날 더없이 짧은
까맣게 타버린 바람처럼
목말랐던 밤

식어가는 하루가 얇디얇은 그물 속에 걸려 허공에 낯설다

귀로 歸路

한길 열리는 어디선가 달콤한
해 오르고
서쪽 강가 황혼이 기우는 곳

저 새벽빛 벗겨져
적막 길게 모여든 몇몇 작은 배
세상 열려 긴 바람 지나는 저만치 낮달 홀로 야윈

내 걸어온 길 뒤 돌아보면
한낮,
억새꽃 바람도 당신이었습니다

짧은 겨울 오후
점점이 하나둘 불빛 켜지고 먼발치 설핏 그리운 그대
또 뜨거운 눈물입니다

두고 갈 것 없는 호주머니 속
뱃고동 소리만 슬며시 스며듭니다

반추 反芻

넝쿨을 끌어당긴다

어디쯤 뽀얀 안개가 산 능선에 걸쳐져 있고 지난날 봄,
꽃잎이 낙화한 자리
알찬 햇살을 뜰 안 가득히 들여놓고
삭힌 시간,

무성히 꽃피우던 나뭇가지
당신과 내가 처음 만나던 진홍빛 기억이 되살아난다

오뚜기처럼 일어선 그 옛날
눈자위가 붉어지도록 길러온 빛의 생명
기른다는 건
짧고도 긴 그림자 같은 줄 몰라

푸른 하늘에 걸친 가지 끝에는
짧은 하루가 빛을 거두는 시간
때까치 입속에 노랑 가을이 가득하다

거뭇한 맨살로 무성히 꽃피우던 숱한 발걸음 소리가
천년처럼 긴 엄마의 풍금 소리 같은 향기가 확 번져간다

붉은 가을이 한 잎 한 잎
떠내려간다
오늘 감국 차는 덤 같은 선물,
겨울 부르는 바람
며칠째 내리는 비가 허기진 가슴에 그득하다

양각처럼 돋아나는 인생의 질긴 뿌리가
또 다른 쪽빛 바다를 꿈꾼다

4장

기억 저편

겨울비

숨결이 사선에 앙칼지게 스민다

고독의 눈빛
기억 속 살점이
심장으로 뛰어드는 소리
구겨진 마른 가슴에 얼룩 하나
새겨 놓는다

아무도 듣는 이 없는 새벽
이토록 속속히 젖어 스며드는가

후드득후드득
아, 가슴에 더 흐르길 없어

그리움으로
벙그는 이름 석 자
젖은 향기에 내가 젖네

자작나무 숲

자작자작 바람이 인다

모든 빛,
모든 색,
제 속에 지문처럼 묻어두고 눈꽃으로 피었다

어느 하늘 끝 소소한 바람은 맑은 전율로 나직이 흔들고
스스로 견딤에 익숙한 오랜 시간은 표정을 바꾸지 않는다

긴 긴 날 흑백 풍경으로
모든 것을 비워서 채워지는
가슴 속 나이테가 선명하다

하이얀 숲
바람이 버린 발자국,
햇빛 열어 움트는 생명

더 강한 삭풍일수록
침묵의 한 꺼풀씩 수피를 벗기며 살아가는 맑은 자작나무처럼

내 육신을 벗으며

하루

욱신거리는 육신이 철망 속
가득하다
더는 가치 없어서 묻혀 사라지는
쓰레기 매립장
거친 까마귀 떼 소리 스산하다
사선처럼 길게 늘어선 철망
어느 하나 버릴 것 없는 돌들은
제각기 자기의 박힐 곳을 안다
모난 돌은 모난 대로
둥근 돌은 둥근 대로
서로가 보기 좋게 박힌다
종일 땀방울 진득했던 노동에 물집과 피멍이 가득하다
해 기우는 시간 녹슨 문이 잠기고
하루의 피곤함은 무사한
안도감으로 어깨가 낮아지고
텅 빈 방, 문을 여는 사람
허기에 불을 켠다
싸한 거울 앞에 불현듯 당신 생각에
울컥, 눈꼬리 뜨거워
그대 안녕하신지?

기억 저편

대합실,

차마 뜨거운 눈빛 보이기 싫어
어설픈 손짓,
버스에 몸 실어 가던 네 모습

뒤돌아보면
허공중 쓰일 말조차 끝내 못 하고 울컥, 울음 토할 듯

정녕,
그것이 마지막 떨어질 꽃인 줄
몰라

아스라한 ~

피우지 못한 마른 꽃도
그 향기마저도
당신이었다는 것을

한 사람만

먼발치,

우린 어쩜
눈빛만으로 가슴 깊이 빠져들어
꽃 빛이 파고들고
참나리꽃처럼 점점이 피어

가슴 붉게 메어옴은
어찌 내게, 차오르는 사람이라
아니 말할까요

뜨거운 것은
한 계절만은 아니어서
이 가슴 속
누구였다 말할까요

거부할 수 없는 발길 앞에 이 심장 깨고 나올 한 사람
사랑이 피어서 붉다 어찌 다 이를까요

낙안읍성

사라지지 않는 생각 하나가
기억을 더듬어
빛바랜 화첩을 그리려 시간 속으로 들어선다

바람이 헹궈진 높다란 낙풍루의
민낯
돌 틈, 이끼는 흘러간 시간을
덕지덕지 움켜쥐고

첫닭 울음소리
돌담길에 남빛 새벽이 열리고
머물지 못한 옛사랑이 희미하게 쪽창에 고스란히 새겨져 있다

지난 추억, 숨소리마저
멈추어 버린 우물가엔 아직
그 웃음 들릴 듯 멀어져 간 시간

처마 끝 주름살처럼 걸려있는 노파의 한숨 소리가 보릿고개를 훑는다

긴 사연 이고 가는
바람 한 자락이 담벼락에 속마음 털어놓고
초가지붕 위 알알이 떨어지는 햇살의 흔적들

쌍청루 성곽길 고요한 풍경
노을 한 아름 안고 낮달이 저문다

포구를 뒤적이다

섣달,
시린 하현달이 쪼그라든 문턱 틈을 비집고 들어선다

가끔 일상의 방향을 잃을 때면 지나온 낯익은 생각을 덮고
희망의 샘 찾으러 그곳에 간다

꾹 눌러 삼키는 한겨울
차가운 서리는 선창의 불빛을 낮추고
썰물은 넌지시 적막을 낮춘다

고요가 고요를 잠재우는 시간
허공을 가르는 새 한 마리,
맥 놓는 울음소리에
지나는 배가 속력을 늦춘다

때문에,
두고 갈 것 하나 없는
포구에는
어부의 한 생이 저 파도를 밀고 가고
비릿한 폐선만 웅크린 채 쓸쓸히 뱃고동이 운다

사는 게 다
고요 속 바람이 는 것처럼
한순간 지나는 목숨
언제나,
허한 심장이 벼랑 끝에 텅 빈다

채석강

오랜 시간 퇴적된 단층이 발효되지 못한 생각을 삼키며
서성대던 여러 날

영혼마저 다 말라버린
허울 굳은 폐선 한 척이 제 뿌리를 잊혀가는 중이다

꽃처럼 저문 녘 가녀린 깃털 하나가 허공을 돌고 돌아
흐릿한 회색빛 창가에 안긴다

붉은 상처의 흔적처럼 간절했던 날들
여민 모래알은 떠난 사람의 마음을 안다
하여, 가장 낮은 곳에서
더 이상 갈 곳 없는 사람들의 발자국을 어루만지는

때론, 서러운 고통 혼자 감당하기 버거워 쓸려가는 어느 포구에서
네 목소리가 귓속에서 운다

밀어내려는 저 안간힘
그 어디쯤, 거룩한 메꽃이 수줍다

검버섯

한평생,
흙살 위로 8송이 복사꽃 피우신
내 어머니

희디희게 삭은
주름살 깊이 홀씨 자라
지울 수도 훔칠 수도 없었던
지난날,

수만 번, 봄 지나고
언제부터인가 조롱조롱 매달린
과육果肉에

당신의 찌든 멍울 거뭇거뭇 깨어나

긴 시간 지난 지금
검게 마르던 당신의 기억이
그리움 한 줌으로 되살아납니다

절대 고독

검붉은 하늘가 붉은 기운이 선명해지고 독백 한 줌 그려놓은 수평선은
지친 밤을 접으며 새벽을 핥고 있다

미명의 새벽은 조금씩 일렁이며 어둠을 걷어내고
저 고요 속에 한 점 한 점 스미어
하늘을 열고 있다

황혼 속으로
거듭나려는 저 붉은 기운 앞에
점점 선명하게 다가서는 장엄한 동쪽 하늘
찬란한 빛은 오래 머물지 않아
오직,
깨어 있는 생명만이 느끼는 뜨거움의 극치다

고요가 선 바닷가 숨소리도 멈춘 시선 한 곳,
저만치 붉은 섬 한 채 품고서
갈매기 떼 오른다

이제부터 시작이다

빨간 목탁

그 길이 끝이라고 느껴질 때
어느 겨울날 그대,

야윈 햇살이 점점이 쪽물처럼 스미어 이곳에서 길을 만난다

폭신폭신한 흙길
편백 길 지나 웅크린 산줄기 따라 내 발소리가 무릇, 세상을 연다

먼먼 그 오랜 세월을 다 모금은 고즈넉한 산사,
긴 산죽 길 지나
소나무 사이로 새어드는 햇살
사각사각 발 딛는 소리가 좋다

오르고 오르다
그 끝에 닿으면 그냥 겸손함이 절로 나와
그 길에서 길 위에서

나는 달마의 눈물처럼 서러워할
거룩한 기도처럼 그 눈물 속에 깨달음의 눈을 뜨나니

봄밤

피었다 지니 꽃이더라

하여,
한 가슴 너를 담고 살아온 것도
위태로이 걸린 바람 같아서

초승달 아래
내 가슴 저만치,

하르르
꽃잎 되어 떨어집니다

다시 동백

나직이 흐르는 하얀 밤

비정한 저 붉은 몸짓
애태우다 모가지째 툭 떨어져 사나흘 뜨겁다

적막 허공
꾹꾹 눌러둔 빈 가슴에

까닭 모를 흔적
섧게,
얼룩진 것도 당신이었습니까?

냉이꽃 사이

제발 건드리지 마세요
괜히 눈물이 왈칵 날지 몰라요

햇살 한 줌이 시린 그의 몸을 어루만지며

추워!
조금 참아,
곧, 봄이야!

피었다 사라지는 작은 몸짓,
한 생이 지나는 작은 들판

괜찮아, 너는 지금
그렇게 봄 앓이 중이야

아프니까 사랑이다

기억하신다면

사람아,
여윈 잠에 깬 마른 흔적처럼
까닭 모를 빈 가슴에 세상 네가 전부였던 시간

홀로 떠나는가

형형한 그대 눈빛
내 마음 꽃그늘 되어 그대, 그냥 떠나지 못하리

사랑은 꽃지는 슬픔보다 아픈 일이지만
피할 수 없었던 너와 나

한 점 떨치지 못한 미련

사랑아, 아프다
함께 꽃잎 물든 그 자리, 서산마루에 붉다

납작한 고독

차고 시린 허공이 종말처럼
춥다

어디쯤,
파리하게 떨던 새하얀 명태는 감정조차 숨죽이고 신음을 삼킨다

움츠린 발자국들
스스로 입술을 봉인한 채 혼자 걷는 굴곡진 골목길 위에서
야윈 계절은 싸늘하게 낮게 낡아간다

발효되지 못한 시간은 처마 끝 풍경소리처럼
제 몸 두드리며 몸살을 앓는다

살아가는 것이
몇 겹의 아픔을 딛고 일어서야 하는 아찔한 공허 같아서

우리는 어쩌면 그 거리 풍경風景속에서 나팔꽃인 양
그대 어깨에 기대며 살아가지

더 절박한 우리라는 질문들 속에서

읊조르다
- 백석 통영2 시비 앞에서

그대 한 점 풍경으로 머물다 떠난 자리
옷섶에 여미어
날 저물도록 애태우던 끝사랑이 명정샘에 절절하다
차마 이름조차 부를 수 없었던
난*,
꾹꾹 눌러 견디온
그슬린 세월이
그림자 속으로 뚝뚝 떨어져 그 애틋함이 돌계단에 고스란히
박혀있다
눈먼, 뜨거웠던 사랑
허공에 허공 속으로 1936년 유월에 비가 내린다
그해, 아찔한 첫사랑이

*백석의 첫사랑으로 알려진 통영 출신 박경련을 난,이라 지칭하며 첫사랑에 빠진 여인

머문 자리

이월,
붉게 피웠던 꽃도 당신이었잖아요?

무소식

기다림이 가라앉은 자리마다
하얗게 핀 냉이꽃
몽올 몽올 수줍어 봄소식 한참이다
잠시 왔다 가는 봄날
하나, 어이 내 님은 소식 없고
흩어진 향기처럼
맴돌다간 바람만 애가 타
부질없이
피었다 시드는 신열 같았던 절정,
이내 꽃 다지겠다

간절한 고요
- 돌파 감염

뿌연 민낯이 꾸역꾸역 외진 방에 든다

겹쳐 쌓이는 어스름한 불면의 공간
바람이 잠시,
미동을 멈춘 골목길엔 앞서간 발길이 서서히 지워지고
속정 깊은 여인이 깊은 회색빛 현기증을 삼킨다

제 살 불려가는 초승달은 고스란히 바닷물에 자초당했다

어디쯤, 생각에 잠긴 영혼은 마스크 속으로 유배당하고
허기진 소라게가 숨죽여 먹이를 찾아 나서는 시린 갯내,
헤집는 바람만 사납다

세상 살아가는 간절한 몸짓들이 밀려간 물살에 가득하다

저
빛
깔

마지막 생명의 하루

먼,
그대가 남긴 마지막 편지
여린 마지막 쓴웃음
그런 날 간절했을, 그해 겨울

양념치킨

이젠 아무도 없네, 방내리
41-5번지

당신이 맛나게 드시던 그 모습이
양념처럼 스쳐간
한평생 거친 삶을 꿰매다
곡진히 사시다 가신

이 멀고도 먼 곳에서
치킨을 먹다
문득 빈 들녘, 홀로선 허수아비를 생각했을까요?

뒤돌아보면 꿈같았던 시간
아버지

생각나잖아요

복수초

갯비린내가 배인 능선에는
노랗게 물이 배어난다

통증 뱉어내는
어둠 속 뿌리가 뜨거운 수액을 부풀려 봉래산 절벽 아래 온몸을 올리고

탯줄을 잘라낸 태아처럼
선잠 깬 아이가 배시시 눈을 훔친다

미처 터트리지 못한 몽우리
힘겹게 밀어올리는 저 몸짓

햇살 아래 봄 하나 핀다
너만 바라볼

봄
봄
봄

게으름이 새다
- 누수

이 깊고 긴 겨울
무너질 듯 휘젓는 칼바람에 버티던 상수도가 오롯이 감당을 못한 채 신
음을 삼킨다
게으름의 몇몇 날
검침원의 으름장처럼 툭 뱉는 말 한마디, 어디쯤 철 철 철
나이아가라 폭포처럼 돈이 새고 있다고 한다
맙소사!
번개처럼 기술자를 불러 몽키로 몸을 해체한다
그 오랜 시간
퇴적된 살점들
녹슨 상처를 제거한 뒤 꼭지를 봉합하는 순간,
홍건했던 흐느낌이 고요히 사그라든다
이제는 계류의 소리가 멈추었다 고통이었을 시간
눅눅했던 몸
참 많이도 참아냈다
게으름의 파리한 주검 앞에
나의 양심을 고백한다
내가 죄인이다

있는 듯 없는 듯

다시 봄입니다
고요한 듯 분주하게
새로운 몸짓을 시작하는 겨울 끝자락
몇 겹의 허영과 교만을 버리려 참나무 숲길을 오르고 있습니다
점점이 꽃잎처럼 여려지는
햇살
아직 조금은 겨울이 지나지 않은 아름다운 미황사를 찾았습니다
들릴 듯 말 듯
스치듯 말 듯
작은 바람 한 점이 산기슭을 오르고
세심당 꽃살문 넘어
문틈 빼 꼼이
침묵하듯 고요히 번지는 향내
문득, 어느 시인의
소담하고 맑은 시 한 구절을 떠올려봅니다
80년대의 억센 격정의 시간을 보내고
짧은 생을 마감했던 마흔여덟 구월 가을
나는 땅끝 달마고도 숲길
애기 동백나무 아래서 물푸레나무를 생각했을까요
애일 듯 낮달이 조력자처럼 스쳐 갑니다
가만히 오래된 대웅전 주춧돌에 앉아
청매화처럼 말갛게 사라진 그 향기 담을 듯합니다
잘 지내시나요
지금도 이곳에서 다 쓰지 못한 문장 되살아날까요
올려다본 파란 하늘

* '물푸레나무를 생각하는 저녁' 시집 저자 김태정 시인을 그리며

내 길을 검색하다

천 번을 곱씹어 살아온 남도의
십여 년

돌아보면 초라해
내 그림자마저 허방처럼 차다
질긴 세월,
안간힘을 다하여 걸었을 뿐인데
잔고 빠진 통장처럼 허하다

먼 사람 사랑마저 저버린 것처럼
헤집는 바람이 시리다

낯설기만 한 나이
거미줄처럼 잔주름만 가득한
낡아지는
낡아져 가는
홀로 길들려 지는 내가 무섭다

여백 속 채우려는 얄팍한 궁상이
척척 휘감기고
부끄러운 문장 부호들을 찬찬히 다독인다
네 가슴에 헛된 시 한 줄 되지 않도록

더 절박한
내 나이만큼 여물고 싶은

무어라 여줄까요

스무여드레
떨어지는 짧은 2월

메마르고 잔혹한 숨소리가
찬바람에 지레 물러져
허공에 가득합니다

떨어진 동백꽃에 동박새
어쩔 줄 몰라
매화꽃 낮달에 환합니다

어디쯤, 여린 결 번져가는 청아한 물소리
그 몸짓 스미어 이 맑은 물은 어디서부터 시작되었다 말할까요

한 모금 축이고
바라다본 시선 한 곳,
흥건히 꽃피울 당신이라서

돌담길 아래 벗어놓은
도토리 꼭지
볕 바랜 상처를 어루만지다
여린 바람,
솔잎에 걸터앉아 눈 지그시 감는 한낮

천천히
천천히
그렇게 다가서는 봄
한 사나흘 당신,
풍경에 취하고 매화에 취하고

바람꽃

낯선 곳, 심지 곱게 자라 어여쁜 그 속내에 들킨
내 얼굴 붉어집니다

볕 좋은 햇살
물끄러미 쳐다보다 그 표정 엎지르고
나는 내가 아닌 채 시간 어디쯤 미끄러집니다

은밀하게 틔어올 린 하얀 꽃잎과 꽃잎 사이
물캉한 노란 꽃술의 촉수들이 내 안을 바라보는 봄날

내 가슴에 한 줌, 다시 피는 당신
바람 되어 피는

초승달

잊히지 않은 날 선 기억들이
옹이 속 깊이 자라
야윈 계절
아득한 경계에서
당신과 나 그렇게
뜨겁게 간절했던 한때
지난 발자취
발걸음 소리 헛헛한
수천 번 비워낸 속내
애틋함 마저 꺾인 채
채워지지 못한 달 하나가
허한 편지함 속
녹물로 가득 번지네

낙화

언제부터였던가
허공에 매달려 간절했을
하르르
붉은 울음 받아낸 사연
잔주름 모으고
물러터진 속마음
꽃잎 잃은 말들이 시들어가는 동안
저마다 봄을 챙겨가고
홀로 멀어져 가는
애태우던 그리움의 물살들
그 안에 다 녹아
조용히 지르밟을 날도 짧아
내 님 오기 전에
꽃 다지겠다

고불매*1

담홍빛 꽃잎이 하도 고아
봄빛에 넋 놓고

속앓이하듯 붉게 톡톡 터져
한 열사흘 뜨겁게 온 도량에 가득하다

눈 감아
그 향기에 취해

그
해
봄,

허공 가득 매달린
붉은 숨소리

*고불매 - 수령 350여년인 장성 백양사 고불매는 천연기념물 제486호다

고불매 2

너 하나로
세상이 온통 향기롭다

선암사 선암매

바람이 지나는 산사
담장 따라 여리고 작은 멍울이 몽울 몽울 침묵을 깨고
낮고 높은 풍광 사이로 붉게 희게 무리 지어 수놓는다
꽃향기 그윽한
오랜 세월 동안 무수히 꽃잎을 받아낸 사연들
가녀린 질량만큼 응달진 겨울 동안 제살 문지르며 용케도 견디어 낸 네
가 애타게
피다 지는
한낮, 발아래 삼월이 수줍다

봄날에

노을이 밀고 온 사월, 꽃향기 가득하다
점점 선명해지는 몽우리의
질량만큼이나
텅 빈 허공에 때론 여리고 수줍게
때론 짙게
온 힘으로 밀어내어 봄이 환하다
풍경 속 낭창낭창 걸어오는 봄의 소리
팔 벌려 착 감겨오는 햇살 한 줌
초연히 꽃물 들인 비밀의 순간
우리는 그 깊은 수렁 속으로 흥건히 빠져든다
갈증의 분홍빛 늪
엷게 뿜어낸 숨결 속으로 봄을 뒤적인다
발병 날 그 사랑도 없는데
지천에는 꽃만 피고 지는
지르밟고 지르밟아도
점점이 붉어지는 사월의 병

오롯이 오시라

거룩한 말 한마디가 울컥, 가슴을 쏟아내어
세월 마디마다 할퀴고 간 이력 같은 흔적이
너와 내가 깊숙이 허공에 매달려 베일 속 열망으로 가득 차 오른다
흘러가버린 기쁨과 이별
생의 육체 속에서 빠져나간 청춘의 질곡의 세월
질기고 긴 자리마다
산 빛 나무들이 무리 지어
열병처럼 뜨겁게 되살아나는 시간
돌 틈 사이 여리고 작은 이끼가 돋고 물은 말갛게 소리 내어 흐른다
세월은 멈춘 자에게 봄을 주지 않는다
오직 열망하는 자에게만 봄을 내어주나니
하여,
두렵지 않은 것이 어디 있으랴
하지만 저 꽃잎도 어둠 속에서 접혔던 꽃잎을 힘차게 펴듯
우리, 꽃 필 날 바로 앞에 있으니
봄날 봄날에 가파른 사선일지라도
연둣빛 새 움으로 더 짙게 깊게 푸르름으로 오시라

닭장

햇살 충만한 한나절
열한 마리 병아리가 색 가득한 봄을 쫓네
한 달 한 달이 지날 때마다
열망은 탄식으로 무너져
어떤 놈은 하늘로 날아가 사라지고
어떤 놈은 여름날 헉헉대다 쓰러지고
어떤 놈은 긴 겨울날 추위에 세상 등지고
시간 속에 네 울음 사라진 여윈 공간 가슴만 흐느끼네
내 것이 아닌 짧았던 운명들
무너진 채로 멀리 떠나갔네
떠난 자리 얼룩이 생기는 동안
네가 아닌 내가 홀로 남겨져 있고 참새떼만 진종일 분주하네

수직의 창

꽃잎 분분히 흐드러진 뒤
한나절, 안부처럼
조롱조롱 매달린 열매가 얼마나 위대한가

가야 할 때 미련 없이 떠나는
저 꽃잎도 얼마나 아름다운가

한때 그댈 꽃이라 부르던
그 짙은 향기에 취해서 넋 놓던
격정의 시간도 잠시일 뿐

수많은 세월
해명 못하는 질문만 남겨놓고 홀연히 떠난

네가 내가 될 수 없듯
지는 꽃잎, 무성했던 사랑도
심장에 뜨거운 비밀 하나로 간직한 채

간절한 입맞춤으로
내 사랑 떠나 보낸다

붉은 꽃물

꽃잎에 말간 감정이 흔들려
끝끝내 참고 참았던 묻어둔 다짐은 송두리째 흩어진다
연보랏빛
설레던 마음은 서서히 수면 끝으로 사라지고
너의 감정만 코팅된 채
흐려진 간극으로 한 슬픔 도려낸다
인연이란
긴 여운으로 은은한 빛 하나로 다가서는 것
독백 같았던 단 한 사람
그대 긴 그림자에 붉은 꽃 철렁, 가슴에 떨어진다

주름잎 꽃

얼마나 주름 저야 꽃이 될까
저 낮은 곳에서 홀로
매서운 겨울을 천 번 만 번 부릅뜨며 건디온 생명 하나
햇살 사라진 구석진 땅바닥에서 뜨거운 혼을 지핀다
허물벗는 한낮
침묵의 그늘 아래
너 하나로 세상이 환하다
저, 미치도록 반짝이는 꽃 빛
자꾸만 어루만져 주고 싶은
나의 봄날에
내 생, 황홀하게 꽃피워 본 적 언제였던가
네가 핀 그 모서리에서 주름 저가는

개꿈

한 생의 족적이 떡갈나무 목피에 덕지 덕지 박혀 빗물에 허기를 푼다

비 갠, 눅진해진 세월은 빛바랜 비문에 낡아가고
날 선 시구의 방점이 각혈처럼 붉다

사라져 가는
잊혀져 가는
모두가 기억조차 잊히는 날

차마 말 못 하고 떠나는 이별이
남루한 마른 꽃처럼 아픈 상처로
굳은살로 박혀있다

여전히 실체가 명확하지 않은 은백색 꿈 하나가 사선에 걸려
마른 버짐처럼 되살아난다

어둠 속 소리 없이 먼, 먼 시선으로 삭제돼 가는
해명 못한 질문들만 남긴 채

잃어버린 정체성을 찾아서 1
미스김 라일락*

돌이킬 수 없는 운명이
제 이름마저 잃어버린 채 세월을 긁는다

망국의 설움
끝끝내 네 이름마저 잊힌 채 추스르고 추슬러도 끝내 흩어지는 향기여

꽃 무더기 가득한 봉우리
봉우리마다
아물지 못한 색 바랜 사연들

형제 떠난
북한산 백운대 수수꽃다리
녹슨 창살처럼 오월, 목등뼈가 시리다

*미스김라일락 - 1947년에 미국 적십자 소속 식물 채집가 엘윈 M.미더가 북한산 백운대에
서 채취한 털개회나무(수수꽃다리) 종자를 채취, 미국으로 가져가 개량해서 미스김라일락이
란 품종을 만들었다

잃어버린 정체성을 찾아서 2

섬말나리*

속앓이 아픔을 묻고
빗장을 채운다

돌이킬 수 없는
한 시절의 간절한 절규!

떠나는 눈빛이
침묵으로 고하고
이 땅,

흙 향기마저
차마 놓을 수 없어

고요 속 제 찾아든 그리움이
푸른빛에 휘청인다

나 하나 섬 자락에 태어나
어이 슬픔을 다 말하리오

선연히 드러낸
울릉도 나리 분지는
순교하듯 빗물을 삼킨다

그 누구도 찾지 않는
변방,
향기 한 줌 기억되길 소망하며
가파른 기슭 흩으며
몸짓을 멈추지 않는다

식어버린 꽃 진 자리마다
이별이 멀어져 가도
 푸른 바다가 있어 외롭지 않다

자꾸만 뒤돌아보는 노란 이름 하나

섬말나리* - 울릉도에 자생하는 섬말나리는 전 세계 백합과 100여 종 식물의 원시 조상이다.
선진국인 네덜란드는 수년 전 이 식물을 갖고 가 교배를 시작했고 특히 일본은 이 식물에 '
다케시마 유리(독도 백합이란 뜻)라는 이름을 붙였다. - 중앙일보 참조
버젓이 내 나라 내 이름 두고

배고파서 쓰고
목말라서 쓰고
사시사철
나는 늘 배고팠다
또
배고프다

김병효